U0023145

ST.ROSEMARY

聖迷迭香

推理七公主

CASE

10

時光倒流的
最後真相

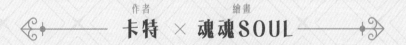

作者　　　　　繪畫
卡特　×　魂魂SOUL

目錄

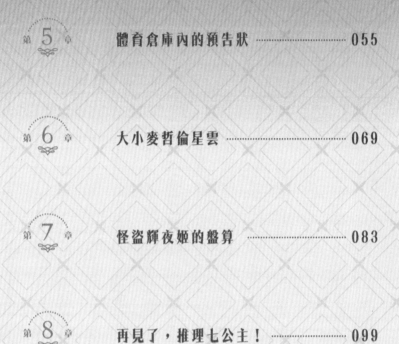

聖迷迭香書院
高中部學生會

總務
張綺綾
★ 巨蟹座 ● O型血

資優生，從一萬多個報考者中脫穎而出，以全科滿分的成績考獲全額獎學金入學。擅長推理和觀察，對眾人聲稱擁有「超能力」不以為然。

會長
林紫晴
★ 獅子座 ● A型血

一旦決定了的事情就不會改變，有效率，但固執，不擅交際。她也是聖迷迭香書院裡的權力核心，只要她決定了的事，就會變成事實。

副會長
林紫語
★ 獅子座 ● A型血

和會長是學生姊妹，比會長開朗、實際和易相處，掌握學生會的所有事務，是師生們的好幫手。她聲稱跟姐姐一樣，擁有「心靈感應」的超能力。

登場人物介紹

秘書
郭智文
★ 水瓶座 ● B型血

作男性打扮，像影子般一直陪伴在會長左右。她有超乎常人的辦事效率，經常在會長開口前就已完成任務。聲稱擁有「過目不忘」的超能力。

宣傳
司徒晶晶
★ 金牛座 ● O型血

身型嬌小，經常穿著可愛的服裝，但思想實際老成穩重。她是消息最靈通的人，也最多朋友、最多人信賴。聲稱擁有「讀心」的超能力。

司庫
曾樂盈
★ 處女座 ● A型血

對科技和理科的了解非常深入，認為所有事情都「有因有果」，只要弄清前因後果，就能解構世界。聲稱擁有「預知未來」的超能力。

福利
阮思昀
★ 雙魚座 ● AB型

非常博學，通曉古今文學、電影、文化和哲學。性格文靜，不過一旦談到她喜歡的話題就會停不下來。聲稱擁有「隱形」的超能力。

羅勒葉高校
學生會

鄭宇辰
天秤座 * A型血

鄰校羅勒葉高校學生會的會長,和會長姊妹家族是世交。對小綾萌生了情愫,在聯校舞會上表白,即場被拒絕了。

陳非凡
天秤座 * O型血

羅勒葉高校學生會副會長,明明有著一副不良少年的樣子,但卻又架著一副文學氣息十足的眼鏡,感覺有點矛盾。

推理學會三人眾

舒洛

偶像是福爾摩斯(Sherlock Holmes);中二病,認為自己是名偵探,但她的推理大多只是推測或者幻想。

嚴卉華

體育健將,身高175cm還同時是籃球、排球還有田徑校隊隊員;惜字如金。

白菲菲

天然呆,經常不在狀況,聽不到大家講話;聽到的時候,會發出厲害的吐槽。

來自學生會的邀請信

九月一日，陽光非常燦爛，新學期的聖迷迭香書院在早晨的橙紅色陽光映照下，顯得格外高貴。

小綾從衣帽間拿出全新的校服換上，管家小艾準備了簡單的西式早餐，煙肉、炒蛋、煎蘑菇和多士還是一樣的美味；吃過早餐之後，小綾離開宿舍，走到了來往宿舍和校園的步道上，步道兩邊種滿了粉紅色玫瑰，一種童話的色彩彌漫在空氣之中。

一切都好像似曾相識，但又散發著一種令人不安的違和感。對於小綾而言，今天沒可能是九

月一日，在三月二十日昏過去的小綾，沒可能在上一年的九月一日醒過來，根據物理法則，時間不可能倒流，一個人或許可以以更快的速度前往未來，但絕對不可能以任何方式回到過去。

但事實就放在眼前：小綾在聖迷迭香書院就讀了半年，成為了學生會成員半年，當中有很多有趣的事情發生過，但就在三月二十日，在追查怪盜輝夜姬的途中，小綾中了陷阱，吸入了不明氣體而昏了過去，一覺醒來之後，無論手機上、電視上、甚至網上都顯示著，小綾正身處在上一年的九月一日。

小綾拿出手機，這半年來的訊息、照片、聯絡人全部都還在，所以如果「時光倒流」這件事是真實的，那麼小綾的電話也一起從三月二十日回

到了九月一日。

　　小綾深深地吸了一口氣，開始回想最近發生的事，看看能不能找出甚麼端倪：在三月十四日，學校操場出現奇怪的裝置和炸彈，盈盈成功把裝置解除；而在同一日，小綾追蹤輝夜姬，發現在鄰校羅勒葉高校的地底下，存在著一個大型黑市和通往世界各地的秘密火車；為了搗破怪盜輝夜姬的犯罪集團，小綾和副會長、智文、阿辰和阿煩共五人登上了秘密火車，幾天後去到倫敦，但在識破輝夜姬身份的那一刻，小綾被輝夜姬擊暈，醒來之後，就回到了九月一日。

　　小綾還是想不通，為甚麼她會回到九月一日，是不是有甚麼超能力或者奇蹟把她送回來九月一日，讓她重來一次？又或是她根本沒有醒過來，

一切只是夢境？難道這也是怪盜輝夜姬陰謀的一部分？

　　小綾為了查清這件事，回到學校後，決定先不回到課室去，直接衝向學生會室，在學生會室的門外，小綾遇上了一個作男性化打扮的女生，身穿特別訂製的男裝校服，她就是學生會的秘書——智文。

智文，你現在要做甚麼？

「智文，你現在要做甚麼？」小綾直接上前和智文打招呼。

「你是那個全科滿分考進來的新生？你為甚麼會知道我的名字？」智文用看著陌生人的眼神看著小綾。

「你先答我一個問題，昨天是哪天？」小綾其實已經心中有數，但她還是問了這個問題，希望確認眼前的智文是不是也來自未來。

「當然是八月三十一日啦，為甚麼要問？」

「沒甚麼，我一時想不起來而已；對了，你是不是有一封信要交給我？」小綾記得上一個九月一日，學生會在她的鞋子中放了封密碼信，正正因為小綾解開了密碼信，所以會長才邀請她加入學生會的。

「怎麼可能？你是怎麼知道的？」智文一臉驚訝，然後從懷中拿出密碼信，小綾接過信件後當場打開，密碼信的內容和上一次九月一日出現的密碼信一模一樣。

小綾沒有理會驚訝的智文，也沒有回答她關於名字的問題，也沒有敲門，就把門打開進入了學生會室。學生會室內部非常寬敞，在看來有兩個籃球場般大的大廳中間，放著一張很有氣派的紅木會議桌，會議桌旁邊有七張看似非常舒適的皮椅，大廳近窗的位置有兩張大梳化，其中一張上面坐著一個大美人。

「請坐。」智文搶在小綾前面，示意她在那個美人對面坐下。仔細一看，那人身上襯衣的蕾絲花紋和裙子襯邊上都暗藏了學生會的會章，小綾

知道那是為學生會會長特製的制服式樣。

「你好，我是學生會會長——林紫晴。」會長手拿著茶杯，輕描淡寫地介紹自己。小綾當然知道，因為她早

在半年前就認識紫晴了。

這時候智文捧來了一個精美的白色瓷杯子放在小綾面前，裡面裝著格雷伯爵茶，散出一陣撲鼻的清香；這種香味讓小綾非常懷念，可能因為已經很久沒喝過智文所泡的熱茶了，小綾坐到會長的對面，拿起杯子，準備呷一口茶。

「你沒法理解我們的密碼信嗎？為甚麼就這樣直接地開門進來？」會長雙手交叉胸前，語氣帶著一點點的責備。

「會長，我不打算玩這種密碼遊戲了，我開門見山地説吧，我是來自下年三月二十日的，不知道為甚麼會回到了九月一日，現在比起敲門敲三下，回應你對於密碼信的期待，我更需要的是要查清究竟為甚麼我會回到了九月一日。」小綾呷了

一口茶，然後才開始回答會長。

「所以，你的超能力是『時空穿梭』？」會長興奮得站了起來，雙眼閃耀著光芒。

「不是啦，我要知道真相，和現在這個時間點究竟發生了甚麼事。」

「好厲害，我們學生會所有成員都是有『超能力』的，既然你也有超能力，你要不要加入我們？」

「你們的『超能力』，只是一種遊戲、一種儀式吧。」小綾從上一個九月一日開始，就知道這個事實。

「當然不是了，智文，你去把紫語叫來，我們表演給你看。」

「不用了，我加入學生會就好了。」小綾深知

道自己無法說服這一刻的會長，所以姑且先答應她，而且身為學生會成員後，在校園內活動會比較方便。

「歡迎你加入學生會啊！小綾。」會長坐回梳化中，並端起了她專用的 Hermes 白色茶杯，然後喝了一口。

在會長還沒有說完「小綾」的那個「綾」字，智文已經捧著一整套不知由哪裡變出來的校服，站在小綾面前。小綾一個箭步衝上前，從智文手上搶過那套校服，沒有等會長和智文再說話，就衝進大廳旁邊的一道門後面，然後把衣服換上。

「思昀，思昀你在吧？」小綾換好衣服之後，知道自己正身處圖書室內，而思昀一定是躲在某處正在看書。

你怎麼會知道我在這裡？
難道你真的是從未來回來的？

一個很有書卷氣息的女生從一個書櫃後面走出來，她束著兩條三股辮，身材中等，衣服也不太起眼，她是思昀，學生會的福利，因為經常躲起來看書，大家都稱她有隱形的超能力。

「我不確定，所以我才找你啦，你一定看過不少小說是關於時光倒流的。」小綾會看很多學術式的書籍，但小說

和文學正是她不擅長的領域。

「像是曾經被改編成經典電影《時光倒流七十年》，由 Richard Matheson 所寫的《重返的時刻》，又或是新一點，2019 年鮎川哲也賞的得主《時光旅人的砂時計》這種？文學作品中出現的時光倒流，分為兩大派，第一派是回到過去的人可以改變未來，而另一派是回到過去的人無論怎樣努力也改變不了未來，你屬於哪一派？」思昀的文學開關一下子被打開。

小綾之後稍為描述了一下自己的情況讓思昀思考，但連號稱「人肉圖書館」的思昀，好像也找不到一部作品的遭遇是和小綾相似的。

向思昀道謝後，上課鐘聲響起，小綾和思昀只好離開學生會室，回到課室上課去。

第 2 章 高二Ａ班的班主任失蹤了

在上一次九月一日，高二Ａ班的班主任從早上十時半開始失蹤，直到放學時間再出現，因為他是一個全 AI 控制的人造人，中午時間因為電池故障而到商業區去買電池了。

所以小綾知道，只要在午休時間到商業區的電子零件店「E-Pro」，就可以找到班主任，直接在事件發生之前就把事件解決。

小綾跑到商業區，在商業區內的小巷內左穿右插，最後在一條小巷後面停了下來，「E-Pro」的門面雖然很不起眼，但小綾已經不是第一次來了，自然輕鬆地找到這間隱密的小店。

　　小綾推開店面的玻璃門內進，裡面的貨架掛著各式各樣的電子零件，「E-Pro」店內大約有幾十米平方大小，店內一個店員也沒有，只有一部自動結帳機；小綾隨心地瀏覽著貨架，等待班主任的出現。

　　才等了沒有兩分鐘，焦急的班主任進入了店內，並且快速地拿了兩顆鋰電池，準備到結帳機去結帳。

　　「你是高二 A 班的班主任吧？」

　　「我是。」

　　「我是學生會的總務張綺綾，你可以讓我拍一張照片嗎？」

　　「可以是可以，但為甚麼你要在這個電子零件店內等我，然後和我拍照呢？」

「因為我的超能力是『時光倒流』，你的失蹤會在放學時造成很大的騷動，所以我就率先在這裡等你了。」小綾為了不想解釋太多，用「學生會」特有的方式讓班主任信服。

拍照之後，小綾把相片傳給紫語，因為紫語是當年第一個接到尋找失蹤班主任委託的人，直接傳給她，那麼事件就可以在發生之前就解決了。

小綾的下一步，是去調查三月時發現的黑市和秘道，她相信那裡可以找到她是不是真正時光

倒流的關鍵線索；即使沒有線索，也可以早在九月一日就先搗破這個由怪盜輝夜姬掌舵的大型犯罪集團。

上次三月時，小綾是在商業區一家畫廊中找到一條秘道，然後秘道可以通向黑市的大本營，裡面有假鈔印製工場，還有毒品交易中心，更誇張的是，裡面有一個大型的地下火車站，將毒品運送到世界各地。

但今天當小綾到達那家畫廊時，卻發現畫廊並不存在，同一個鋪位是一家 Pizza 店，小綾站在店外，一陣陣芝士和辣肉腸的香味撲鼻而來。

「你好，我是學生會的總務張綺綾，可以問你們一個問題嗎？」小綾走到收銀台前問職員。

「想吃甚麼 Pizza 呢？我們這裡有全新的照燒

鰻魚 Pizza 啊！」

「我想查看一下你們的廚房，我懷疑有人利用這個店鋪作非法用途。」在這個校園商業區內，實際擁有實權的是商會和學生會，至少在小綾身處過的那個時空是這樣，所以小綾才可以作出這樣的要求。

「這……這有點……」

「讓她進來吧，她那身特製校服是假不了的，況且我們店沒甚麼好隱瞞的。」Pizza 店的老闆聽到小綾和店員的對話，走出來搭嘴。小綾看到這個 Pizza 店老闆時驚呆了，他的樣子和畫廊老闆長得一模一樣，那個在畫廊下面和阿煩一起經營地下秘密基地的老闆，難道在九月時，還在經營Pizza 店？

　　小綾走進 Pizza 店內，細心觀察，希望可以

找到通往黑市的秘道，但找了快一小時，小綾還

是沒有收穫，無論是廚櫃、牆身、地板，甚至天

花，都沒有任何地道或是密室存在。

　　本來掛著畫作，作為暗門可以通往地道的牆壁，現在光滑無比，小綾用拳頭敲打牆身，發現牆後面是實心的，而且對比過相鄰店鋪之後，牆中間也不夠位置去容納任何暗門或是秘道。

　　所以除了日期和時間之外，這個九月一日的校園和之前三月的校園，連結構上也有不同，難道在老闆改造成畫廊之前，這裡真的是一家 Pizza 店？

　　小綾回想著畫廊的樣子，要把一家 Pizza 店裝修變成畫廊，至少需時一個月，她第一次來畫廊的時間是一月時的事，當時怪盜輝夜姬為了引開學生會的大家，發出預告要偷竊會長宿舍中的名畫，而最後小綾才發現，輝夜姬要偷的，不是名畫，而是大家的時間。

小綾突然對 Pizza 店老闆發問。

「莫內？睡蓮？是甚麼來的？食材嗎？ Pizza 可不是可以隨便把東西放上去的。」老闆用真誠的語氣回答，實際上把照燒鰻魚放在 Pizza 上的人，沒資格說出「不可以隨便把東西放上去」這種話呢。

「是名畫啦！你明明是皇家藝術學院的油畫教授，退休後才來到這商業區開畫廊的名畫專家吧？」小綾憑著記憶質問。

「怎麼可能，我中學畢業之後就到了意大利學做 Pizza，做了三十年，然後知道這裡需要一家 Pizza 店，所以就申請來開店了。」小綾看進老闆的眼睛，然後她確定，老闆並沒有說謊，他並不是皇家藝術學院的退休教授，他的一生沒有奉獻給油畫藝術，而是奉獻給 Pizza 這種意大利食物。

小綾離開 Pizza 店，午休時間早就過去了，下午的課也已經過了一半，小綾決定直接蹺掉下午的課，繼續調查。下一步就是要去調查曾經發生過假殺人事件的糖果屋，糖果屋在商業區的另一邊，是一個大型商場的中庭。小綾到達的時候，

卻發現那個中庭現在經營著一間連鎖式的咖啡店。

「小綾？你是小綾嗎？」就在小綾打算到咖啡店去調查的時候，一把男生的聲音叫住了她。小綾回過頭來一望，那把男聲的主人是羅勒葉高校的學生會會長，他叫阿辰。

「你是三月二十日的阿辰？你怎麼知道我的名字？」小綾知道如果是九月一日的阿辰，根本還未認識小綾。

「原來小綾是真實存在的！」阿辰兩眼發愣，一直盯著小綾。

「甚麼真實存在，你給我說清楚一點。」

「初次見面，你叫我⋯⋯叫阿辰就好了。」阿辰突然變得很緊張。

「我跟你可不是初次見面了，我問你，究竟你

的昨天是不是和我一樣，是三月二十日？」小綾
有點不耐煩。

「昨天？昨天當然是八月三十一日呀。」

「所以你為甚麼知道我的名字？」

「你經常……經常在我的夢中出現……」阿辰
變得結結巴巴。

「夢？」

「我以為那是我的幻想，我沒想過你是真實存
在的。對……對不起，這樣你會覺得我是個怪人
吧？」阿辰摸著自己的頭頂，臉頰通紅，有點語
無倫次。

「我不明白，阿煩呢？阿煩在哪裡？你帶我去
見他。」小綾的語氣比剛才更加不耐煩了。

「你認識阿煩？」阿煩是羅勒葉高校學生會的

副會長，之前為了成立聯校學生會，被怪盜輝夜姬利用幹了不少壞事，但在上一個三月已經洗心革面。

「嗯，你可以帶我去找他嗎？」

「為甚麼是阿煩？我有甚麼不好嗎？」阿辰不斷地在喃喃自語。

「如果你可以帶我去見阿煩的話，我會很感激你的。」小綾改用請求的語氣。

「好……好吧……」現場幾乎可以看到阿辰的心臟軟化溶掉的畫面。

　　和阿辰一起去到羅勒葉高校，那是一幢擁有現代化庭園的開放式建築群，和小綾記憶中的羅勒葉高校截然不同：沒有圍牆、沒有封閉式的進出管理、不是一幢純灰色的水泥建築物，主要建築都是使用玻璃幕牆，門口非常寬敞，簡直就像是另一個商業區似的。

　　小綾跟著阿辰進入學校內，經過簡約設計而又不失現代感的大堂後，他們二人來到了學生會室，阿煩、阿堅和幾位學生會成員都在學生會室內工作。

　　阿辰帶領小綾坐到梳化和茶几那邊，對著阿

煩招了一招手，阿煩隨即會意，站了起來；而小
綾和阿辰則坐在梳化上面，等候阿煩。

阿煩用自動咖啡機泡了一杯 Lungo 遞給小綾，

小綾接過這個 Lume 系列的純白色陶瓷咖啡杯，呷了一口黑咖啡，味道在苦中帶一點點橙皮的香味，小綾很是喜歡。

「阿煩，這位是小綾，她指定要來見你的。」阿辰簡單地向阿煩介紹了小綾。

「小綾，你為甚麼要指定來見我呢？」阿煩拿著自己專用的保溫杯子，兩眼上下打量著小綾。

「我就實話實說了，我是來自未來的。」

「又是你們聖迷迭香書院學生會的超能力遊戲？我對這沒有甚麼興趣。」阿煩說得斬釘截鐵。

「那你對甚麼有興趣？這裡看來也沒有在實行你討厭的『學分制』吧？」羅勒葉高校之前一直實行不公平的「學分制」，每個星期日校方會根據當星期的測驗總排名來分配學分給同學們，同學在

商業區只能用學分購物，最低分的學生會連三餐溫飽都會成問題。當時的阿煩，為了要廢除學分制，可説是用了九牛二虎之力。

「我只希望每個同學都可以得到幸福。」

「那是沒可能的吧！幸福是一個相對的指標，要有比較才可以看出誰較幸福或者誰較不幸，所以要每個同學都幸福，就等於每個同學都不幸了，在邏輯上是不可能的。」

「你那是強詞奪理吧，所謂大家都幸福，是一個狀態，一個沒有任何人投訴自己不幸的狀態。你要不要來我的電腦那邊，我讓你看看成果。」阿煩還沒等小綾答應，就拉著小綾的手走到了自己的電腦前面，阿辰看到這副景象之後，只能呆坐在當場。

　　阿煩來到電腦
前面，按下密碼，
然後打開了一份
空白的文件，之
後阿煩開始在文
件上打字：「我
也是來自未來，
這位置是閉路電
視的死角。」

　　「這樣也沒有解破邏輯上的問題：只要有比較
存在，就一定有人會比較不幸。」小綾一邊說，一
邊在文件上接著打字：「**我們現在被監視著？被
誰？**」

　　「只要大家都一樣的幸福，就不會有你說那個

比較的問題了。」阿煩在文件上打字：「**我也不知道，是怪盜輝夜姬？我只知道自己在三月二十日被人從後打暈，起床時已經是九月一日了，校園的建築物全變了樣，學生會是選舉制的內閣，當然學分制也不存在了。**」

「那你怎麼驗證，怎麼肯定問題不會再存在？」小綾語帶雙關地問。

「我們是不應該去驗證一個問題『不存在』的，只要沒有人發現問題，問題就自然不存在了。」阿煩在文件上打字：「**我問了阿堅，他說這裡的網絡、電話和閉路電視全都連接到一台可疑的伺服器，所以我就懷疑我們被監視和監聽了。**」

「為甚麼你會這樣覺得？」同時間文件上多了這些字：「**監視我們？為甚麼？**」

「這很自然吧，如果一個問題要去證明自己的『不存在』，那麼該問題應該就是不存在的。」阿煩在文件上加添：「**因為不想我們發現『時光倒流』的真相？**」

「這一點都不自然，問題有可能存在於某個我們沒有發現的角落裡。」小綾在文件上寫到：「**時光倒流在物理上是不可能的，即使是輝夜姬，還是要使用火車和其他交通工具，而不是用時光機去運送毒品。**」

「那先要找到問題存在於哪裡。」阿煩補充：「**天氣和花開都是九月應有的樣子，但校園卻變了樣，我再也找不到校園下的大型黑市。**」

「我不明白，那你快點去找出問題所在呀。」小綾在文件上再寫：「**所以真相究竟是時光倒流？**

還是我們被送到某個和九月一日一樣的地方？」

「我現在就只有這麼多資料啦。」阿煩雙手一攤。

「難道你覺得這樣就足夠了？」小綾一邊説，一邊在文件上打字：「**在倫敦的五人組全都來了嗎？但今早我見到的智文，她應該不是三月二十日的。**」

「當然不足夠了，我的目標是要廢除所有的不公平，然後找到真相。」

「真相是甚麼？」

「我不知道，怎麼你突然問起這種哲學家多年以來研究、但還是無解的問題呢？」

「目前我們所知的就這麼多了，要努力一點才會明白甚麼是真相。」阿煩在文件上打字：「**現在**

確定是從三月二十日回來的，
有我、阿辰和你。」

「阿辰？阿辰他怎麼看
這件事？」小綾脫口而出，阿
辰聽到自己的名字，就站了
起來，但又發現小綾其實不
是呼喚他，他只好尷尬地
又坐回到梳化上。

「阿辰是一個笨蛋啦，
他根本無法理解。」阿煩接著在文件上補充：「**阿
辰以為那半年其實是一場夢，而且深信著這件
事。**」

「那下一步你打算怎麼辦？」小綾在文件上再
寫：「**我會去找紫語看看，倫敦五人組就差她了。**」

「我會再看看，究竟問題存不存在。」阿煩在文件上再打字：「**那我再查一下時光倒流究竟是怎樣一回事好了，我們找個地方見面再談吧。**」

「那很好，如果你找到進一步資料的話，我們約出來喝杯咖啡，好好談談這個問題吧。」小綾沒有等阿煩回覆，就把整份文件刪除掉了。

糖果屋改裝的咖啡店

這時候小綾的電話突然響起，來電顯示上出現的不是別人，正正是小綾打算下一步要找的聖迷迭香書院學生會副會長——林紫語。

「是小綾嗎？我下課了，剛剛收到你傳給我班主任的照片，我也……」紫語連珠炮發地說。

「你先等等，我們見面再談吧。」小綾大概猜到了紫語的情況，所以在她說更多前阻止紫語繼續說下去，她怕有監聽。

「好的，要去哪裡見面？」

「到商業區那家本來是糖果屋的咖啡店吧！」小綾提出一個地點，去試探究竟紫語是三月二十

日還是九月一日的人。

「好的，待會見。」從紫語爽快的答覆中，小綾已經得知答案。

小綾跟阿辰和阿煩道別後，離開了羅勒葉高校的校園，回到了剛剛的商業區，到達了其中一個大型商場的中庭，那裡正經營著一間連鎖式的咖啡店。

　　小綾點了一杯 Latte，然後在三月二十日還是糖果屋的同一張桌子坐下，一邊等待紫語的到來，一邊細心觀察地面，看看有沒有暗門又或者是地道之類的東西。

　　這時紫語來到，她先和小綾打招呼，然後點了一杯沙冰，最後施施然地坐到了小綾對面。

　　「現在是甚麼情況，為甚麼會變成這樣？」紫語問完之後用吸管吸了一口沙冰。

　　「你先把電話借我。」小綾遞出手來，紫語把自己的手提電話交給她，小綾隨即強制地把電源關上，然後用外套把電話牢牢包裹好，可以見到小綾自己的手機也被包在裡面。

　　「你覺得有人利用我們的電話竊聽？」

　　小綾對紫語作了一個別作聲的手勢，然後快

速地捉住紫語的左手手腕，然後大力地扭動，紫語大聲喊痛。

好痛，你這是幹甚麼？

紫語用右手撫摸著被小綾捉住的地方，那裡現在已經瘀青一片。

「很好，至少你一定不是人造人。」小綾露出了一個安心的表情。

「那和捏痛我的手有甚麼關係？」

「人造人的手腕上有個充電口，只要猛力扭動，就會出現。」小綾一臉認真地回答。

「先不管這個，說回剛才的話題，有人竊聽我們的電話嗎？」口中是這樣說，但紫語還是不斷地撫摸著瘀青的手腕。

「是阿煩告訴我的，他也是從三月二十日回來的人。」

「那究竟是怎麼一回事？為甚麼我暈過去之後，醒來會變成了九月一日？」

「我大概猜到是怎麼一回事。」小綾用手摸著下巴，基本上答案已經在她腦海裡了。

「那是怎麼一回事？怪盜輝夜姬製造了時光機，然後把我們都當成白老鼠去做試驗嗎？」

「時光倒流在物理學上是不可能的，無論怪盜輝夜姬有多麼的神通廣大，她還是脫離不了物理範疇的。我唯一可以肯定的是，無論這是不是一

次真正的時光倒流，我們都被監禁在這裡，和其他人失去了聯絡。」

「所以你才要試試看我是不是人造人？」

「對，我幾乎可以肯定，除了我們幾個從三月二十日回來的人之外，其他在這裡出現的人，都是人造人。」

「那我明白了，今天早上我遇到的紫晴明顯就不是本人，我和她自出生開始就每天相見，人造人無論做得如何精美，都沒法複製我和姊姊中間這份連繫的。」紫語用堅定的語氣説。

「你們之間『心靈相通』的超能力確實存在，你是想説這點嗎？」

「人和人之間的感情和牽絆，不正正就是超能力嗎？不談這個了，説回時光倒流這件事，只有

去倫敦的五人組被送來這裡？」

「我今天早上見過智文，從她對我的態度看來，那個智文也是一個人造人，她完全沒必要裝作第一次遇上我的。」小綾再喝一口咖啡，這是她今天喝的第二杯咖啡了。

「即是我、你、阿煩和阿辰都被囚禁在這個九月一日的世界中？」

「可以這樣說，我覺得智文也被運送來了，只是被囚禁在另外的地方。」

「為甚麼只有智文會被困在其他地方？」

「這點我就不知道了。」這正是小綾另一個想不通的地方。

「可能因為她是我們當中體力最好的？」紫語再喝一口沙冰，那種青檸檬的口感，和現在初秋的天氣超級搭配的。

「這點應該無關吧？論體力，阿煩也不差啦，我覺得是因為智文知道一些我們四人不知道的關鍵事情，所以不能讓她自由走動。」

「如果是這樣的話，智文可能沒被送過來也說不定，她只要留在三月二十日，我們就無論如何都找不到她了，不是嗎？」

「但這不是怪盜輝夜姬處理事情的慣常方法。」

「的確，她那種方式的確不是用常理就能推斷

出來的。」

「她每次都會留下謎題給我們，讓我們去解開；而這次，尋找智文應該就是這個謎題，或者至少是這個謎題的一部分。」

「如果你是輝夜姬的話，你會怎樣做？」紫語看著小綾，不禁想起小綾之前豪言說自己要成為輝夜姬，發預告說要偷走她們家中的筷子，實際上是希望她和紫晴可以和好。

「這個思考方向很好！紫語，謝謝你的幫忙。」小綾說完這句話之後，離開了座椅，蹲在地上，開始檢查地板上的每一條縫隙。

「你覺得智文就

被囚禁在這裡下面？」紫語跟著小綾的動作去做，但她從來沒試過這樣蹲著，一屈膝下來，就失去了平衡，最後整個人跌坐在地上。

「如果我是輝夜姬，我一定會把智文囚禁在之前曾經發生事件的地方，即是兩個可能：一、曾經發生偽殺人事件的糖果屋，亦即是這裡；二、曾經禁錮隔離晶晶幾個星期的初中部體育倉庫。」晶晶是聖迷迭香學生會的宣傳，是一個社交達人，校園內所有人都是她的好朋友。

「但這地板看來沒有通往地下密室的秘道啦。」紫語重新站了起來，然後猶疑要不要再次屈膝蹲下，她觀察著小綾的動作，覺得很不可思議，為甚麼這樣蹲著還能維持平衡呢？

「的確沒有任何可疑，我只是想再確定一下罷

了。」小綾站起來，拍了拍雙手的灰塵。

「那我們現在出發去初中部的體育倉庫吧。」

「在那之前，我們先去買點藥膏，你手上的瘀青好像很痛的樣子。」小綾捉住了紫語的手，輕輕地撫摸著被自己扭成瘀青一片的地方。

已經不痛啦。

　　紫語露出了一個堅強的微笑，好像在告訴小

綾，只要這可以幫助到她，這一切都是值得的。

體育倉庫內的預告狀

　　小綾和紫語啟程前往初中部，兩人在路上走著，當還有大約幾百米才到達聖迷迭香書院初中部的大門時，突然風起雲湧，大風把路旁的樹吹得沙沙作響，樹葉被吹飛，漫天的葉子像刀片一般往小綾和紫語身上打去。

　　兩人心知不妙，這種天氣驟變看來並不尋常，小綾拖著紫語的手，一口氣向著眼前的初中部校舍飛奔過去，但已經來不及了，風稍為停止，豪雨就嘩啦一聲地下起來，就在那短短二十米的距離，小綾和紫語就已經半身濕透。

　　二人帶著半濕的身軀走進初中部的教學大樓，

不少準備放學的初中學生因為這場豪雨被困在了大樓裡面。

「上次九月一日下午沒有下過這一場雨，對嗎？」紫語覺得不對勁。

「對，我記憶中的九月一日沒有下雨，如果是其他日子，我說不準，但開學日有沒有下雨這一點，我記得還是很清楚的。」

「小綾你在這等一等，我到校務處借浴巾和雨

傘。」紫語沒有等小綾的答覆，就自己走進教學大樓裡面了。

「嗯。」小綾回應了一下，然後再一次蹲在地上，呆呆地看著地上急速積累起來的水漥，看著雨水由水漥快速地流到地上的排水孔裡去。

大概過了五分鐘，紫語拿著乾淨的浴巾和雨傘過來，但小綾還是一樣蹲在地上，看著雨水從水漥中流向排水孔，目不轉睛。

「小綾，你拿這個去擦乾身體吧，否則很容易會生病的。」紫語把浴巾遞給蹲在地上的小綾。

「嗯，感謝你。」

「怎樣，從水流中看出了秘密地道在哪裡嗎？」

「和地道沒關係。」小綾應該還在思考當中，

她接過了紫語遞給她的浴巾，先把手腳擦乾，然後開始擦頭髮。

「那和甚麼有關係？」

小綾沒有回答紫語，把食指放在嘴巴前，示意紫語不要說話，然後拿出了包在衣服中的電話，開機之後，小綾呆呆地看著電話畫面在思考。

大約想了一分鐘左右，小綾把電話再次關掉，然後用衣服重新包好。

「你雨傘也借到了，現在我們先去體育倉庫吧！」小綾把電話收好之後，和紫語兩人撐著雨傘，肩膊上披著浴巾，向著體育倉庫前進。

來到了體育倉庫外面，四方形的體育倉庫坐落在一片空地中間，重門深鎖，人煙罕至，雨水打在空地上，形成了一個又一個水窪，小綾和紫

語雖然撐著雨傘，
但還不免會弄濕
小腿和鞋子，小綾觀察
了一下地上的水流，雨
水正常地流向最近的排
水口，完全沒有
可疑。

「這裡也沒有地道和密室。莫非我們猜錯了，
我果然是成不了怪盜輝夜姬的。」小綾搖了搖頭。

「我們先進體育倉庫看看吧，反正都來到這裡
了。」

面對紫語的建議，小綾點了點頭，兩人一起
走到體育倉庫的前面，這次體育倉庫有一道非常
明顯的大門，可以讓各種大型體育用品，例如像

是羽毛球網，或者是鞍馬可以進出，而且那道大門沒有上鎖，紫語用力一推，大門就應聲而開。

打開大門後，看不到智文的蹤影，只有一大堆體育用品，籃球、排球、鞍馬、三角椎等等，一應俱全，而中間卻有著一枝竹筒，長大約二十厘米，顏色翠綠得近乎晶瑩通透。

「是怪盜輝夜姬的預告狀！」紫語走上前去想要把竹筒拾起。

「等等，那東西有電線連著！」小綾想起之前的爆炸裝置，對這樣的設定特別敏感。

紫語停下腳步，發現竹筒有一條深啡色的電線連著，而電線的另一頭，是一個金屬製的裝置，紫語和小綾走到裝置附近，裝置大約是一部手提電話的大小，正上方有五盞亮著的紅燈，紅燈下方有三十二個數字，十六個在外環，十六個在內環，兩個環都可以自由旋轉，外環的下方有一個箭嘴標示，而兩個環的正中央則有一個解鎖的符號，那符號同時也是一個按鍵。

外環的數字分別是：22.37、20.68、36.13、-22.90、-34.10、-28.50、42.34、-37.85、15.47、35.88、-25.69、-29.97、37.84、-8.27、-13.16、-18.88

而內環的數字則是：115.40、114.11、31.13、-122.50、76.51、47.44、145.50、-72.54、-110.65、18.47、-88.57、-5.37、-68.19、-54.44、-71.09、-90.40

「這是甚麼東西？」紫語伸手想將裝置拿起，但小綾比她快了一步，率先把裝置拿在手上。

「竹筒應該是鎖著的，而這個裝置就是解鎖器。」小綾示意紫語可以拿起竹筒，紫語拿起之後嘗試把竹筒扭開，果然如小綾所料，竹筒是鎖著的。

「五盞紅燈，即是說我可以試五次吧，外環、內環還有箭嘴，只要把正確的數字轉過去箭嘴標示，然後按開鎖，就可以打開這個竹筒了，但正確答案是甚麼呢？」

「我完全看不懂那堆數字的意思。」

「那是角度吧，沒有一個數字大過 180，也沒有一個數字少於 -180。」

「如果紫晴在這裡的話，她就會說『真不愧是

天才推理少女小綾』。」紫語笑著説。

「別取笑我了。」

「你已經知道答案了嗎？」

「我現在解不開這個竹筒的密碼。」小綾説「現在」兩個字説得特別大聲。

「所以要等到甚麼時候才能解開？」紫語聽出了小綾「現在」的意思。

「最快要今晚吧，而且這場雨要先停下來，現在應該去通知阿煩，然後今晚我們四人再集合。」

「但我們不應該先去找智文嗎？」

「不用了，這個竹筒內的東西就會帶我們去見智文。」

「為甚麼呢？」

「因為那是怪盜輝夜姬，她知道我一定會來

這裡找智文，所以才把謎題放在這裡的，她喜歡和我正面對決，然後趁著我忙於正面對決的時候，爭取時間做其他事。」

「那你今次為甚麼要和她正面對決呢？為甚麼不像上一次一樣，兵分兩路去阻止她？」

「很簡單呀，因為已經太遲了，在我們由三月二十日來到這裡的一刻起，怪盜輝夜姬已經爭取到足夠時間做她想做的事了。所以現在，我只有和她正面對決這個選項了，老實說，今次的謎題還真的很有趣呢！」小綾一邊搖頭，一邊解釋。

小綾拿出二人的電話，把電話還給了紫語，打了個手勢示意紫語要小心說話；然後傳了個短訊給阿煩，約他在商業區的咖啡店見面。

離開體育倉庫之後，雨停了，而且還出了太

陽，在夕陽的照射下，地上的水窪變成了一個個金黃色的地台，雖然踏上去還是會弄濕鞋子，但這景色比剛才滂沱大雨好看多了。

二人拿浴巾和雨傘去還給初中部的校務處後，就回到了咖啡店，而阿煩和阿辰早就坐在那裡了，小綾細心地讓每個人的手機都關機，然後包裹在外套內。

「今晚如果天清氣朗的話，八時左右，來我的宿舍集合吧。」小綾也不說廢話，直接開口邀約他們。

「為甚麼？」阿煩還沒問完，小綾拿出了竹筒和裝置，放在阿煩的手上。

「而且阿煩你要幫我準備星圖和航海年曆，這些東西你們的圖書館會有吧？」

「對，我會在商業區買望遠鏡和六分儀。」小綾補充。

「噢！我明白了！好，我會準備好的。」阿煩再看了一看裝置，然後想了一想星圖、航海年曆、望遠鏡和六分儀這個組合，他終於明白了小綾的意思。

「你們今晚要一起去看星嗎？」阿辰用手抓著頭，不解地問。

「對啊，你要不要一起來？我們一起看星星。」小綾懶得解釋讓笨蛋阿辰明白，直接提出邀約。

「我當然去啊！你要教我看星座！我是處女座的，你要告訴我處女座在哪裡！」

「沒問題，那我們今晚見囉。」

大小麥哲倫星雲

時間來到晚上八時，天空萬里無雲，月亮還沒有出來，漫天都是星星，銀河完整地掛在天空上，小綾叫小艾把所有附近所有電源截斷，確保沒人監視或是監聽。

「小艾，你過來。」小綾呼喚自己宿舍的管家小艾，在她來到面前時，一下子捉住她的手腕，再大力扭動，手腕下面露出了一個充電和一個電

源開關，小綾按下開關，把人造人小艾給關掉，小艾被截斷電源之後身體一軟，整個人攤在小綾身上。

小綾小心翼翼地把小艾放回到她的床上，然後同一時間，有人敲門，紫語、阿辰和阿煩已經到了小綾的宿舍門外，阿煩手中拿著一個布製購物袋，裡面裝著星圖和航海年曆，還有飲品和一點零食。

小綾把三人帶到天台，三人看著這滿天的星星都看得呆了，說不出一句話來，一邊被微風吹拂，一邊抬頭看著天空上的星星，頓時感到自己是多麼的渺小，宇宙是多麼的浩瀚和偉大。

小綾卻沒有這個空閒，她戴著一盞紅色的頭燈，在一個三腳架上開始架設她下午在商業區買

回來的望遠鏡。

「小綾，太黑啦，我看不到東西。」阿辰嚷著。

「那邊有三盞紅色頭燈，是我預備給你們的，你們先戴上吧。」小綾指了指放在地上的三盞頭燈，全都是她下午在商業區買回來的。

「為甚麼要用紅色？」

「因為紅色是最不刺眼的顏色，我們要看星星的話，眼睛要先適應黑暗，讓瞳孔放大，所以觀星時，無論電筒或是頭燈，都應該用紅色的。」小綾已經差不多架設好她的望遠鏡了。

「這個就是六分儀？用來做甚麼的？」紫語在拿頭燈的時候，看到放在旁邊的六分儀，由分度弧、指標臂、指標鏡、水平鏡、望遠鏡和測微鼓組成的六分儀，看起來就好像一塊裝有小型望遠

鏡的 Pizza 一樣。

「那是用來觀測天體的高度和仰角的。」

「但這和破解裝置有甚麼關係？」

「天空可以告知我們很多的資訊，例如現在入了夜，我就可以肯定，我們絕對不是身處在九月一日。」

「你是怎樣辦到的？」

「月亮啊！上年的九月一日，我們入學那天是滿月，滿月的月出時間應該在傍晚六時，所以八時月亮應該高高掛在天空了，但從今天早上到現在，我都看不見月亮，那只有兩個可能，現在是下弦月的時間，或者現在是新月的期間。」

「那我們現在真正身處在哪一天？」

「我猜大約是三月廿五日到四月一日，或是四

月廿二日到四月廿九日中間。」

「要用星圖的話，我們需要正確的日子和身處地點吧？下午時我也問過你，星圖有很多款，我應該要帶哪種給你。」這下子連阿煩都開始不明白了。

「我答你要帶南半球版，對吧。」

「所以你為甚麼知道我們身處在南半球？」

「你看看銀河旁邊，是不是有兩團一大一小的雲。」

「嗯嗯！我看到了！我還一直在想他們為甚麼一直不動！」阿辰興奮地大叫。

「那是一團星雲，分別叫做大麥哲倫星雲和小麥哲倫星雲；大的那個距離我們十六萬光年以外，由超過 100 億顆恆星組成，小的那個距離我們

更遠，有二十萬光年；這兩個星雲都由第一個繞地球一週航行的航海家斐迪南‧麥哲倫命名，而最重要的是，這兩團星雲都要在南半球才能看得到。」

「但下午的時候你明顯已經知道我們身處在南半球了，為甚麼呢？」阿煩還是不理解。

「因為下午時下了一場大雨，當雨水流到排水口時，我覺得有點不對勁；地球是逆時針運轉的，因為慣性原理的關係，在北半球的水會比較容易順時針迴轉，但今天排往排水口的雨水，卻是逆

時針迴轉的。但我也不肯定，因為有機會是地形影響了排水方向，所以我一直觀察了好幾個排水口。」

「直到你看到了大小麥哲倫星雲後，你就肯定我們在南半球了？」

「對，除了大小麥哲倫星雲之外，南十字星座也只有在南半球才可以上升到這麼高的位置。」小綾指著銀河中的四顆星星，他們的排列和澳洲國旗上的四顆星排列一樣，成為了一個十字架的形狀。

「我明白了，所以現在我們要用六分儀去找出我們準確的位置和日期，對嗎？」

「對，人可以用機械人代替、花可以種、網絡時鐘可以假冒、建築物也可以偽造，但月亮、星

星和天空是真是假，只要細心觀察就能看出來；怪盜輝夜姬為了要讓大家覺得真的回到了九月，需要初秋的天氣，也因為如此，她把我們運來了南半球，在南半球，天氣與北半球完全相反，北半球夏天的時候，南半球是冬天，所以三、四月的天氣，剛好和北半球九、十月差不多。」

「我明白了，所以那個裝置上的數字是經緯度！」紫語拿出裝置，明顯外環和內環的數字就是全球的經緯度座標。

經緯度？

還有一個人不明白，那就是阿辰。

「地球是一個球體，球體中心和赤道所形成的角度就是緯度；而以英國格林威治和球體中心所形成的角度，就是經度。兩個角度分別可以在地球上劃一條半圓的線，而兩條線的交差點，就是一個全球唯一的座標了。」阿煩稍為解釋了一下。

「找尋緯度很簡單，只要計算天極和我們之間的仰角就可以了。」小綾拿出六分儀，開始準備。

「天極？仰角？」紫語發問。

「地球每天都會自轉一圈，所以太陽每天都會在東邊升起，在西邊落下，所以天上的星星也是一樣，整個天空會從東邊移動到西邊。自轉的軸心會貫通南北兩極，而那條軸心卻是傾斜的，所以如果你細心觀察星星，你會發現，天空上會有

一個點，是無論天空如何由東邊移到西邊，他都會留在同一位置，這就叫做天極；而數學上，天極的仰角和圓心跟赤道的角度會是一模一樣的，所以只要計算天極和我們之間的仰角就夠了。」

「如果在北半球，那個點有一顆相當明亮的星星，叫做北極星，古代航海時這顆星基本上還兼任了指北針的功效，只要天清氣朗，只要看到這顆星，就能認清方向；但小綾你不是說我們身在南半球嗎？要如何才能找到天極？」阿煩看著這漫天的星星，真心不知道要如何才能找到南天極。

「南天極的位置，大約就在南十字座十字架的尾端，還有旁邊半人馬座最亮兩顆亮星 (α 和 β) 的垂直平分線相交處。」

「你在說甚麼？我聽不懂啦。」紫語被小綾說

的天文學術語弄得一頭
霧水。

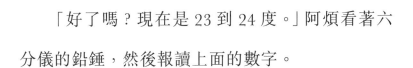

「你不用聽懂啦，有
興趣的話，我之後再教
你，你現在只要幫我把
數字記下來就好了。」
小綾一邊說，一邊拿著六
分儀，用望遠鏡看著天空。

「好了嗎？現在是 23 到 24 度。」阿煩看著六
分儀的鉛錘，然後報讀上面的數字。

「所以外環的數字是 22.37 ？」紫語看著那個
裝置，然後問。

「我們在南半球啦，所以數字會是負數。」

「嗯！即是 -22.90。那內環呢？」

　　「計算經度的話，我們會用時差的方法來算，航海日曆中會有經度零度的星圖，只要計算我們這裡星圖和那張星圖的距離，就可以大概得到自己的經度。」

　　「月距法嗎？現在月亮沒有出來，可以做到嗎？」

　　「你見到那顆很亮的星星嗎？那是木星，用木星也可以測量到經度，但計算會比較複雜一點，請等我一等。」小綾再次用六分儀量度了幾個數字，然後拿起紙筆，開始在紅色頭燈之下計算。

　　過了大約五分鐘後，小綾終於在紙上寫出了最後的答案，大約會在 -65 到 -70 左右，因為儀器會有誤差，所以小綾打算先試較接近的 -68.19，再試 -71.09。

現在外環是 -22.90，內環是 -68.19；小綾按下了裝置上的解鎖鍵，然後裝置上面的五盞紅燈一下子全部變成了綠燈。

「成功了！」阿辰大叫。

「-22.90 和 -68.19，我們是身處一個甚麼地方？」阿煩抓了抓自己的頭，因為手機被關掉收起來了，所以沒法查證。

「應該是在智利的阿塔卡瑪沙漠之中，這裡是全世界觀星最出名的地方，一年三百六十五日中，有超過三百三十日都是萬里無雲的大晴天，美國太空總署也在這裡設定了大型的天文望遠鏡。今天下午那種來去無蹤的豪雨也是沙漠的特徵之一。」

「別理這些了，我要把竹筒打開囉。」紫語用

力一扭，竹筒應聲被打開。

竹筒裡面放著一張白紙，白紙上有一個 QR Code。

這個我懂，是二維碼！

阿辰又再次大叫。

「我去把供電恢復吧，至少讓輝夜姬知道我們已經解破謎題了。」小綾看著這個二維碼，她知道，如果沒有電腦或是手機的話，這個 QR Code 只是一個奇怪的圖案罷了。

怪盜輝夜姬的盤算

　　小綾把電源接回來，也把小艾重新接駁電源叫醒了，再把手機發還給眾人，然後打開鏡頭掃描了怪盜輝夜姬留在竹筒內的二維碼。電話上的視像會議軟體被自動打開，而且還立刻邀請了一個未知的號碼。

　　「那是誰？」紫語看著這個不熟悉的號碼。

　　「道理上應該是怪盜輝夜姬，她會出現在會議的另一端吧。」小綾猜不透這個會議有甚麼意思。

　　大約等了三十秒，會議的另一邊終於接受了邀請，而在鏡頭前出現的，卻不是怪盜輝夜姬，而是聖迷迭香書院學生會的秘書——智文。

「咦？是小綾！還有紫語！阿煩和阿辰都在！太好了！大家都平安無事！」智文在鏡頭的另一端看著擠在電話前面的四人，發出熱烈的歡呼。

「智文，你現在在哪裡？安全嗎？」小綾問。

「我不知道自己在哪裡，約翰和陽子把我從倫敦救出來，我們現在都在逃避輝夜姬的追捕。」智文認真地回答。

「不好了！輝夜姬給我們這個會議的連結的，這樣我們可能敗露你的行蹤了。」紫語因為小綾一直在提防監聽，自己也提高了警覺，所以立刻聯想到這個視像會議可能會害到智文。

「對了，智文，你們那邊現在幾點？」小綾打斷了紫語。

「早上八點，怎麼問這個啦？」

「我大概明白現在是甚麼情況了，放心吧智文，你現在非常安全；你可以讓約翰過來嗎？」約翰和陽子是一對僱傭兵夫婦搭檔，曾經接受過輝夜姬的委託去調查校園區，他們同時是智文的養父母。

「好的，小綾你有辦法解決這個問題吧，就交給你了。」之後智文就離開了鏡頭範圍。

「小綾嗎？找我有甚麼事？」約翰出現在鏡頭中，而智文則站在旁邊。

「約翰，你是背叛了輝夜姬？然後救了智文出來？」

「不是背叛啦，只是我已經完全完成她的委託。」

「如果我叫紫語委託你們去幫我找出輝夜姬，

這也是可能的？」小綾拉住不知就裡的紫語。

「對啊，輝夜姬已經不是我們的委託人啦，但還要看看你們這邊能提供多少報酬了。」

「我們現在要僱用僱傭兵去追捕輝夜姬？」紫語還是不明白。

「我明白發生甚麼事了，我解釋給大家聽吧。」小綾轉頭看向紫語，對她點了一點頭，然後再看著鏡頭，約翰擺出了一副洗耳恭聽的樣子，小綾於是開始講解——

「在三月二十日，我們一起乘上了秘密火車，去到倫敦，發現了輝夜姬其實是紫晴和紫語的舅母，同時收集到了這個龐大販毒集團旳證據，人贓並獲。然後我們失手，被輝夜姬用武力鎮壓，更被藥物麻醉，醒來之後，大家發現自己回到了九月一日的校園。

「但這個校園，其實位處於南美洲智利的阿塔卡馬沙漠中央，輝夜姬可能建設這個假校園已經很多年了，主要用來做人造人的實驗，由一開始，輝夜姬這個假校園已經擁有人造人的技術，亦將這個技術廣泛地運用在她的販毒事業上。

「使用人造人的好處是不用擔心他們會背叛或者洩密，所以像班主任那樣的全人工智能人造人應該是少數，幫她工作的人造人應該大部分都是

遙控或者是重複作業的類型，而為了更有效地分配工作，輝夜姬會用真實中的人為樣本製造人造人，我在黑市遇上了和我爸爸長得一模一樣的人造人，還有之前假學生成員的人造人也是這個道理。

「輝夜姬把我們麻醉之後，把我們運來這個假校園，設計了一整個假時光倒流的劇本，目的呢，應該是要拖延時間，好把自己的犯罪證據消滅。

「如果我們四人真的認為自己時光倒流，那樣輝夜姬就可以爭取時間，把原校園區的罪證毀掉，而且快速出貨。之後，只要對學校其他人都照樣做一個時光倒流的處理，就可以解釋到為甚麼校園會變得截然不同，最後等到罪證全部銷毀，再安排所有人『回到現在』就解決了一切問題。

「至於為甚麼在倫敦五人組之中，單單只有智文會被約翰和陽子拯救呢？答案很簡單，因為智文對於輝夜姬而言，是委託已經退休的約翰和陽子出手幫忙的酬勞，你們就是一開始為了接走智文，所以才參與在這件事之中的，所以智文現在在你們身邊，代表委託真的完成了，對嗎？」

「果然是『天才推理少女小綾』。」這時怪盜輝夜姬，亦即是紫晴和紫語的舅母，也是商會的主席，鍾姨姨進入了視像會議。

「你也不愧是『怪盜輝夜姬』，你一直有在監聽我們說話吧？是透過小艾？還是直接監聽我們的手提電話？」

「這點不重要吧？就如你所說，這個南美校園是由我創造出來的，到處也是我的線眼。」

「但現在我已經解破你的謎題了！我會離開這裡，然後把你的罪證公諸於世的。」

「你好像搞錯了最重要的一點吧，『天才推理少女小綾』。」

「我搞錯了甚麼？」

「你搞錯了我的終極目的。」

「所以你不是為了要銷毀證據和出貨？」

「對，那你猜一下我這半年是為了甚麼要插手一直運作良好的校園地下黑市？是為了甚麼才讓你發現人造人？為了甚麼才讓你發現地下黑市和秘密火車的存在？」

「重點是……『我』？」

「我不禁又要再說一次了，果然是『天才推理少女小綾』，果然是從一萬個考生中脫穎而出，全科滿分考得全額獎學金的天之驕子。」

「你打算讓我做甚麼？」

「我打算讓你接替我，成為新一任的『怪盜輝夜姬』。」

「……」面對這個突如其來的邀請，小綾陷入了一片沉默。

「我不明白，為甚麼變成了這樣？」紫語打破了沉默。

「所以由入學考試開始，到我入學，到班主任失蹤，到麵包店襲擊，到認識兩大家族，到新年的真假學生會事件，到情人節的假殺人案，到三月中的所有所有，都是為了測試我的能耐，作為『怪盜輝夜姬』接班人的甄選過程？」小綾思考了片刻之後，向輝夜姬再次確認。

「這次的『時光倒流』是最後一個考驗，要成為輝夜姬的接班人，一定要智勇雙全，魅力非凡，而且擁有冷靜的頭腦。」怪盜輝夜姬看來真的對小綾非常滿意。

我拒絕。我不想成為犯罪組織的頭子。

「『怪盜輝夜姬』不是一個犯罪組織，它是一個俠盜組織。那些自甘墮落的人，為了毒品而獻出的金錢，最後我們會通通發給窮人，那些因為先天因素而得不到資源的窮人；我們也有在落後地區興建學校、醫院等等這些東西；如果以金額計算的話，『怪盜輝夜姬』是全球最大的慈善組織。」

「而『怪盜輝夜姬』到處偷藝術品又或是打劫富人這些事情，則全都是你用來掩蓋你自己是毒

犯的煙幕。」

「也是公關宣傳的一種，因為那種勾當本來就賺不夠錢，也沒可能支援到我現在慈善活動的規模。」

「但最後還是有人會因為你的犯罪而受害吧！那些因為濫藥而失去生命的人、那些因為毒品而犯罪的受害者、那些因為毒品而失去家庭的人、還有一些國家會因毒品而經濟崩潰，這樣可以說是你一邊製造問題，一邊再自己解決，世界也沒有因為你的慈善活動而變好吧！我不是要說服你，只是我不會接任這樣的一個組織，而且，我一定會讓國際刑警將你繩之於法的！」

「我已經被通緝超過十年時間了，我不認為你手上的『證據』可以改變甚麼，而且，我甚至可以

保證，如果刑警抓到了怪盜輝夜姬，他們抓到的，只會是一個和我一模一樣的人造人，那個人造人可能會坐牢，可能會被罰款，但真正怪盜輝夜姬永遠還在繼續這種『劫富濟貧』的作業。」輝夜姬一副不以為然的樣子對小綾說。

小綾明白了輝夜姬的意思，退後了一步。

「你明白了吧，所以你現在的選擇有兩個：一，成為『怪盜輝夜姬』的接班人；二，放棄聖迷迭香書院的獎學金，回去普通學校，父親也會因此失業，而你也永遠再見不到你現在身邊的朋友。」輝夜姬乘勝追擊。

「你讓我想一想。」

「『怪盜輝夜姬』其實一直都存在，這個組織遊走在兩大家族中間，一直影響著這個世界的發

展，而且，『怪盜輝夜姬』的存在，亦讓世界中的權貴和貧苦得到了平衡。」

「我們可以做一個交易嗎？」

「反建議嗎？好，說來聽聽。」

「『怪盜輝夜姬』要停止一切毒品的交易，如果我在三年內，可以做到維持你現在的慈善規模，同時又不用幹犯法勾當的話，你就去自首；如果我做不到的話，我就成為新的『怪盜輝夜姬』，一切都依你的指示去做。」

「用我一生的自由，來賭你一生的自由嗎？」

「對，如果我成功，你的餘生都要在牢獄裡渡過；但如果我失敗的話，我一生都要在不情願之下受你支配。」

　　真正的四月一日，下午時分，聖迷迭香書院的南美校園，秋風送爽，小綾在商業區和阿辰在一起，二人肩並肩的在商場的通道上走著，阿辰的腦海一片空白，根本想不到甚麼話題可以和小綾好好談談。

　　「到了。」二人來到了一家賣鋼筆的店鋪，兩人是專程從校園出發來商業區買鋼筆的。

　　「這些筆很漂亮！我還以為鋼筆一定是一派老氣橫秋的樣子呢！」阿辰看著這些現代感十足的金屬鋼筆，打從心中覺得這些筆非常漂亮。有著幾百種不同的顏色，還有三到四種不同的形狀。

「的確很漂亮呢！你看這支，這種淺紫色很適
合紫晴和紫語吧！」

「如果你買兩支一樣顏色的給她們，她們不會
喜歡的，最好是兩支同款的筆，但有著微妙的分
別。」

「還好今次是買給我自己的，你覺得我用這種
天藍色的筆好嗎？」小綾轉換話題，看著一支天

藍色的筆出了神。

「也不錯啊，但你看看這邊，這裡有一對鋼琴配色的鋼筆耶！一支黑色裡襯白，一支白色裡襯黑，超合襯的！」

「但我只需要一支啦，不需要買一對的。」

「一支給我就好了，我也有需要用筆的時候啦。」

「那很浪費吧，我買天藍色這支就好了。」小綾指著剛才的一支筆。

「我真的想買一支啦，我要深藍色的。」阿辰選了旁邊的一支。

「我們可以免費幫你在筆上面刻上名字，你們需要嗎？」店員拿出新的筆，然後向二人提議。

「好啊！就刻上『小綾』和『阿辰』吧。」阿辰

搶在小綾拒絕店員之前答應，小綾愣了一愣，但
也覺得，即使筆上刻有名字也不是太差。

　　二人拿著刻有名字的鋼筆離開店舖，準備走
回去聖迷迭香書院的學生會室，站在小綾旁邊的
阿辰，在並肩而行時伸出自己的手，非常自然地
握住了小綾的手，兩人由肩並肩變成了牽著手在
商場中散步。

　　小綾一下子沒反應過來，過了幾秒後才把手
收回，然後看著用力裝作沒事的阿辰，她心想這
樣實在太為難他了。

　　「小綾，這樣你會不舒服嗎？」阿辰鼓起勇氣。

　　「阿辰，你聽我説，現在不是談情説愛的好時
機。」小綾搖了搖頭，然後踮高腳，用手拍了一拍
阿辰的頭頂。

「我明白的。」阿辰深深的呼了一口氣,感覺
這口氣呼完之後,阿辰才能夠在剛才的深淵內重
新爬起來。

　　小綾心想這個男子這樣的喜歡她,但她卻沒

法用同等量的喜歡去回應，這樣對他十分不公平，小綾並不是如晶晶所言是一個超級遲鈍鬼，所以有時小綾也會想，如果阿辰可以像阿煩那樣聰明就好了。

二人以尷尬的沉默為伴，肩並肩的向著學校走去，一起穿過校門外新建設的高科技門框，在門框旁邊的，是盈盈——聖迷迭香學生會的司庫，也是數理和電腦達人。

「看來這個人造人偵測裝置運作良好呢！」小綾離開阿辰身邊，走到盈盈身旁答話。

「對啊，有了這個裝置之後，大家就不需要像紫語上次一樣被你扭得手腕瘀青一片了。」盈盈笑著回答。

三人一起回到學生會室的門前，大門就在他

們踏在門前的一刻打開，打開門的，不是甚麼先進的高科技系統，而是學生會的秘書智文。

三人各自回到自己的工作崗位，小綾在大會議桌那邊坐下，而紫晴和紫語早就在那邊攤開了一張巨型的世界地圖。就在小綾坐下後不到十秒，智文拿著小綾專用，藍白間花紋、鑲著金邊的 Royal Albert 骨瓷杯子過來，並在裡面倒滿了濃香的紅茶。

「智文，今天我們喝甚麼茶？」小綾問。

「俄羅斯大篷車紅茶。」智文回答過後，小綾呷了一口紅茶，香甜的麥芽味道和淡淡的煙燻氣息，味道濃厚順滑。

「買到鋼筆了嗎？」紫晴拿起她手中的 Hermes 的花園漫步系列白色茶杯，也喝了一口。

「買到了，這些筆真的有比普通原子筆好嗎？」

「你用過就知道了。」

「好，在我出去買筆的期間，你們有想到好點子了嗎？我們要怎樣去幫助世界各地的窮人呢？」

「還沒有甚麼頭緒，要幫助全世界的窮人，這可不是一件容易的事。」紫語放下手中的 Hermes 的伊卡之旅系列白色茶杯。

「慢慢想就好了，我們有很多時間吧。」這時聖迷迭香書院學生會的宣傳晶晶拿著一堆零食進入學生會室。

「不可以掉以輕心啦，三年時間一點也不長，更何況我們這個項目是全球性的。」小綾拿起了新的鋼筆，開始在筆記簿上寫字。

「《俠盜羅賓漢》是小說中的人物，當然不用理會收入和物流的問題，但我們不是啦，收入和支出一定要計算好才行。」思昀突然開口，在她說話之前，大家都不知原來她就坐在會議桌的一個位子上。

「不用擔心，我們只要每個人都活用自己的能力，就一定能夠戰勝輝夜姬，無論在收入和業績上也是！」小綾放下了鋼筆，手握拳頭為大家打氣。

「阿辰、阿煩和阿堅三個羅勒葉高校的伙伴加入，我們已經不是七個人了，而且還有三個是男生，我們現在做的事也不是靠推理來解決學生們的問題，所以我們不可以再叫自己做『推理七公主』了，我們需要一個新的名字。」紫晴站了起

來，興高采烈。

「那叫甚麼好？叫『阿辰和他的朋友們』吧！」阿辰率先説話。

「你那個甚麼爛名字！叫『俠盜十勇士』或者『俠盜天團』還差不多。」紫晴回嗆。

「叫甚麼都可以，只要『天才推理少女小綾』還在，我們就一定會贏。」紫語站到小綾旁邊，把手搭在小綾的肩膊上。

眾人笑成一團，彷彿所有難題，只要有伙伴在，就能迎刃而解。

ALL CASES
CLOSED

追尋與12星座有關 的神奇聖物

售價 $68

第1期好評發售中

展開校園成長 × 魔幻歷險 的精采旅程

故事簡介

長處於孤獨、受詛咒纏身的千金小姐潘娜恩，
在父母雙亡後得到四騎士的保護。
她們為了解開陰謀和謎團，開始追尋和收集十二聖物。
這些聖物各有神奇力量，運用它們就能施展魔法。
目前她們已找到水瓶的魔法筆，
第2集裡，她們得到「雙魚的魔笛」下落的線索，
因此冒險前往「人魚島」。
這是個發生在貴族校園與魔幻世界
的華麗青春成長物語！

作者　　　　　　　　　　　插圖

陳四月　　　　魂魂Soul

《我的吸血鬼同學》　　　　　《推理七公主》

第2期經已出版

創造館

經已出版

文——陳四月

圖——余遠鍠

經已出版

文——陳四月

圖——多利

寫下你所共鳴的

青春與成長的模樣

青少年圖文小說

就順便保衛校園吧

放學時意外得到三界之力

文——三聯幫車中三

圖——力奇

經已出版

推理化公主
大學篇

文——卡特

圖——魂魂Soul

經已出版

我的青春風起雲湧

文——謝鑫

圖——Mimi Szeto
（司徒恩翹）

七月書展出版

在 AI 創作攻佔世界之前，

就讓我們以人類作者的一字一句

and 人類畫家的一筆一劃

寫下最真摯最人性的青春故事！

請繼續支持香港本地作與畫啊！

每冊售價 $78　適合讀者群：高小至初中

2023 年創造館唯一全新兒童系列！籌備已久的新創作登場

《我的吸血鬼同學》魔幻小說家 **陳四月** ✕ 《Stem 少年偵探團》人氣插畫家 **多利**

科普少女團

放飛思緒馳騁想像之兒童科普讀物

少女三人組

周星彩（14歲）

活潑好動，充滿好奇心。行動力強，常常因衝動行事而碰壁，但樂觀愛笑，不會輕言放棄。

韓珍妮（14歲）

身材矮小，性格孤僻倔強。天資聰穎，記憶力強，在學校成績優異。家境清貧，父母自幼雙亡，脾氣有點暴躁。

陳妍書（14歲）

個子高高，性格十分內向。說話陰聲細氣，不擅與人交流，文靜而且容易害羞。出身在名門世家。

故事簡介

MiSSiON 1：地心歷險記

　　科幻小說家深信，在地底深處，是個有生命存在的地心世界！裡面有吃人植物、暴怒火山、驚濤大海，更有兇猛巨大的史前生物！在虛擬世界裡，這的確存在！

　　元域學院的新生珍妮、星彩和妍書各有個性，她們組成三人團隊，坐上通往地心世界的礦車，展開了驚險不斷的冒險旅程！她們能夠「生還」以及「順利逃出」嗎？那就要看這小隊的實力、鬥志與團隊精神了！

售價：
$68

創刊號七月書展登場　擁抱 IT 新時代

童話夢工場的角色們
這一次化身導遊帶你遊香港
並與你一起學習

小孩、大人、師生、
親子都看得懂
也必須知道的

童話夢工場

之

十萬個為什麼

有些知識，學校沒教，但一定要懂！
而且最好從小就懂！
與生活息息相關的選材，
例如：科技篇、地理篇、理財篇等⋯⋯
21 世紀 20 年代全新編著，
後疫情時期認識新時代新世界，
書架上的必備知識類讀物。

與坊間和以往的《十萬個為什麼》有什麼不同呢？

- 由深受學生喜歡的童話人物，以遊香港為引子，在不同的景點講解知識，貼地又實用。

- 附設各區好去處的資料，可作為親子旅遊書，同時認識香港更多地方。

- 除解答「為什麼」問題之外，更有相關延伸學習資訊。

- 問題設定別出心裁，可應用到實際生活，並非一般常見的「萬年不變百科式題目」。

- 保證答案很難在維基或 google 一鍵找到啊！因此更具收藏價值。

- 每冊均獲得該範疇專業人士或學者監修/推薦

2023年書展

 ×

隆重呈獻

每冊 $88

推理七公主

CASE 10

時光倒流的最後真相

作者	卡特
繪畫	魂魂 SOUL
策劃	余兒
編輯	小尾
設計	Zaku Choi
出版	創造館 CREATION CABIN LIMITED 荃灣美環街 1 號時貿中心 604 室
電話	3158 0918
聯絡	creationcabinhk@gmail.com
發行	泛華發行代理有限公司 將軍澳工業邨駿昌街七號二樓
印刷	高科技印刷集團有限公司 葵涌和宜合道 109 號長榮工業大廈 6 樓
出版日期	第一版　2022 年 7 月 第二版　2023 年 7 月
ISBN	978-988-76143-2-6
定價	$68

出版：

CREATION
CABIN

製作：

創造館
動畫

本故事之所有內容及人物純屬虛構，如有雷同，實屬巧合。

版權所有　翻印必究　★　Printed in Hong Kong

本書之全部文字及圖片均屬 CREATION CABIN LIMITED 所有，受國際及地區版權法保障，未經出版人書面同意，
以任何形式複製或轉載本書全部或部分內容，均屬違法。